KB080622

지독히 다행한

천양희 시집

지독히 다행한

초판 1쇄 발행／2021년 3월 31일
초판 2쇄 발행／2022년 11월 10일

지은이／천양희
펴낸이／강일우
책임편집／이해인 박문수
조판／박지현
펴낸곳／(주)창비
등록／1986년 8월 5일 제85호
주소／10881 경기도 파주시 회동길 184
전화／031-955-3333
팩시밀리／영업 031-955-3399 편집 031-955-3400
홈페이지／www.changbi.com
전자우편／lit@changbi.com

ⓒ 천양희 2021
ISBN 978-89-364-2732-0 03810

* 이 책은 대한민국예술원의 2020년 예술창작활동 지원을 받아 제작하였습니다.
* 이 책 내용의 전부 또는 일부를 재사용하려면
  반드시 저작권자와 창비 양측의 동의를 받아야 합니다.
* 책값은 뒤표지에 표시되어 있습니다.

지독히 다행한

천양희 시집

창비

차례

제 1 부

두 자리

스스로 속지 않겠다는 마음이 산을 보는 마음이라면
스스로 비우겠다는 마음이 물을 보는 마음일 거라 생각
는데
들을 보는 마음이 산도 물도 아닌 것이 참으로 좋다

살아 있는 서명 같고
말의 축포 같은
참 그것은
너무 많은 마음이니

붉은 꽃처럼 뜨거운 시절을
붉게 피어 견딘다
서로가 견딘 자리는 크다

제각기 자기 색깔

세상의 바람 중에
솔바람만큼 영원한 초록이 있을까
사람의 일 중에
진실만큼 짙은 호소력이 있을까
세상의 말 중에
거짓말만큼 새빨간 속임수가 있을까
사람의 감정 중에
우울만큼 깊은 우물이 있을까
사람의 사랑 중에
옛사랑만큼 희미한 그림자가 있을까
세상의 사람 중에
시인만큼 변화무쌍한 계절이 있을까
세상의 시(詩) 중에
고독만큼 자신을 고립치로 만드는 성지(聖地)가 있을까

제각기 자기 색깔
제각기 자작(自作) 나무

나는 울지 않는 바람이다

마음 끝이 벼랑이거나
하루가 지루할 때마다
바람이라도 한바탕 쏟아지기를 바랄 때가 있다

자기만의 지붕을 갖고 싶어서
우산을 만들었다는 사람을 떠올릴 때마다
후박잎을 우산처럼 쓰고 비바람 속을 걸어가던 네가 보고
싶을 때가 있다

별명이 '바람구두를 신은 사나이' 랭보를 생각할 때마다
바람은 그리워하는 마음들이 서로 부르며 손짓하는 것이
라던
절절한 구절을 옮겨 적고 싶을 때가 있다

나는 울지 않는 바람이라고 다른 얼굴을 할 때마다
나를 키운 건 팔할이 바람이라던 죽은 시인의 시를 중얼
거릴 때가 있다

여러번 내가 나를 얻지 못해 바람을 맞을 때마다
바람 속에 얼굴을 묻고 오래 일어나지 못할 때가 있다

이 세상 어디에 꽃처럼 피우는 바람이 있다면
바람에도 방향이 있고 그 속에도 뼈가 있다고 말할 것이다

바람 소리든 울음소리든 소리는 존재의 울림이니까
쌓아도 쌓아도 그 소리는 탑이 될 수 없으니까

바람이여
우리가 함께 가벼워도 되겠습니까

오늘 밤에도 산 위로 바람 부니
비 오겠습니다

너무 많은 생각

자기를 무너뜨리며 쌓으며 격렬비열도를 생각하다가
아름다움의 끝은 어디일까 고비사막의 일몰을 생각하는 밤
나르치스와 골드문트를 생각하다가
시련이 모두에게 좋다고 말하지는 않으리라 생각하는 밤
희랍인 조르바를 생각하다가
어둠이 빛보다 어둡지 않다고 생각하는 밤
아무것도 아니라는 말이
가장 많은 의미를 품고 있다는 쥘 르나르를 생각하다가
슬픔은 가면을 쓰지 않을 것이라 생각하는 밤
긍정적인 마음의 씨앗은 하얀 씨앗이라는
티베트의 마음 수련법을 생각하다가
잔설 속에는 이미 봄이 와 있다고 생각하는 밤
언 땅에서도 푸르게 자라는 보리를 생각하다가
오래 살기를 바라면서 늙어가지는 않겠다고 생각하는 밤
불을 때도 연기 나지 않는 청미래덩굴을 생각하다가
시가 나를 알아볼 때까지
나는 정처 없을 것이라 생각하는 밤

씀바귀를 씹어도 잠은 오지 않고

너무 많은 생각이

생각탑을 세우는 밤

바람길

먼 땅을 향해 날아가는 제비는
두루미 등 뒤에서 때때로 쉬며 날아간다는데
이 땅이 먼 길인 나는
두 발이 지치면 바람 속에 얼굴을 묻고 때때로 쉰다
누가 뭐래도 내 뒷백은
세상에서 제일 가벼운 바람
바람이 있다면 나도 제비처럼
바람의 등 뒤에서 때때로 쉬며 날아가는 것
오늘따라 바람 들린 잡새들
나보다도 더 오래 바람 속을 헤맨다
새들은 과거가 없어 바람 속을 거슬러가나
세상에서 제일 가벼운 것이 바람이란 걸 알고 있나
바람! 바람이 불 때마다
나는 가벼워지고 싶었다
바람처럼 가벼워져선
흔적 없는 바람같이 대단한 여행자가 될 수 있다면
바람은 언제나 정처 없는 자의 것이다
나무 뒤에 나무처럼 서서

날개 없는 것들을 생각한다

나는 왜 바닥을 치면서 날고만 싶어하나
사람은 왜 바람을 꽃처럼 피우면 안 되나

탓하지 말자
모든 길은 바람길이므로

일상의 기적

갈 길은 먼데
무릎에다 인공관절은 넣고
지팡이는 외로 짚고 터벅터벅
서울 사막을 걸어갈 때
울지 않아도 눈이 젖어 있는 낙타처럼
내 발끝도 젖는다

갈 데까지 걸어봐야지
걸을 수 있는 만큼은 가봐야지
요즈음의 내 기적은
이 길에서 저 사잇길로 나아가는 것

딱 한걸음만 옮기고 싶은
고비에서 주저앉고 말았을 때
꿇었던 뒤에도 서서 걸었던 자국

걸음걸이가 불편해도 불행하지는 않아
먼 땅을 밟고 나는 걸어가는 사람

하늘을 나는 것도 물 위를 걷는 것도
아닌데 두 발로 땅 위를 걷는 것이
나에게는 기적인데

길은 얼마나 많은 자국을
감추고 있어서 미로인가
발은 또 얼마나 많은 길을
숨기고 있어서 발길인가

길 따라 가다보면
서울 사막에도 오아시스는 있어
나는 긴 길의 기억을 가지려고
가끔 쉬어도 갈 것이다

나는 어서 말해야 한다

누가 산에 대해 말하라면

나는 먼저

나무처럼 곧은 언어는 없다고 말하고

누가 숲에 대해 물어보면

나는 먼저

새에 대해 말하겠네

마침내 새가 솟구쳐올라 허공을 남길 때

나도 빈 둥지처럼 비어버리겠네

누가 다시 새에 대해 말하라면

나는 먼저

울음에 대해 말하고

그 울음의 진동이 잉잉거릴 때

누가 울음에 대해 물어보면

나는 먼저

물에 대해 말하고

나도 물에게 길을 물으며 흘러가보겠네

누가 다시 물에 대해 말하라면

자연이 쓴 최고의 흘림체라고 말하고 말겠네

물에 대해 길게 말하다보면
어느새 산 아래 내려와 있네
올라간 길도 따라와 있네

나의 백일몽

강둑에 서서 끝없이 나아가는 물길을 본다
물의 길! 물에도 길이 있어
생각이 꼬리를 물고 가는 것 같다

나는 이미 강물에 끊임없이 물들어가나
강변 어디에 물새가 울고 있어
물소리 이렇게 끼룩거리나 중얼거리네

내가 몇번이나 물풀처럼 심란하게 흔들려도
물줄기 세차고 물보라 멀리 퍼질 뿐
강물은 바람 따라 길을 바꾸지 않네

물결이 아니었으면 나는 저것이
수심 깊은 강인 줄 몰랐을 것이네
수심을 몰라 어느덧 내 수심도 깊어져
물의 길 따라 자꾸 내려가네
가는 강, 강은 만년 길손인가
가는 길 멈추는 법 없네 이중 삼중으로 나아가네

무량한 물 세계! 나는 늘 꿈꾸어왔다
가서는 돌아올 수 없는 저 물길이
퇴행이 아니라 진행이라면
달아나는 물처럼 무단가출해보겠네

강 건너 먼 나라 빌뉴스 외곽의
작은 마을 우주피스로 가서
우주를 피우듯 살아보겠네
헐한 마음이
물결무늬 자국 남길 때까지
무슨 떨림이
다함도 없이 다됨도 없이
마침내
나를 지울 때까지

아니다

용서대란
높은 망루이거나 가파른 언덕이거니 했다
그런데 아니다 물고기라고 한다
으악새란
가을에 슬피 우는 새이거니 했다
그런데 아니다 억센 풀이라고 한다
노랑무늬영원이란
영원에도 색깔이 있거니 했다
그런데 아니다 물도마뱀이라고 한다
만첩홍매실이란
첩첩이 쌓인 붉은색 열매이거니 했다
그런데 아니다 나무라고 한다
아름다운 풍경을 보고 그림 같다고 한다
그런데 아니다
풍경이 원본이고 그림이 복사본인데 틀린 말이다
우리나라의 멋진 풍경을 보고 외국 같다고 한다
그런데 아니다
우리나라의 경치는 우리나라 경치이고

외국의 경치는 외국 경치인데 틀린 말이다

이것과 저것이 다르다고

틀린 것은 아니다 다를 뿐이다

잘못 보고

잘못 생각하는 것은

순전히 사람의 일

사소한 한마디

1920년 뉴욕의

어느 추운 겨울날

가난한 한 노인이 "나는 맹인입니다"

작은 팻말을 들고

공원 앞에서 구걸하고 있었다

몇 사람만 동전을 던지고 갈 뿐

그를 눈여겨보는 사람은 많지 않았다

그때 한 행인이

맹인 앞에 잠시 머물다 떠났다

그뒤로 놀라운 일이 일어났다

맹인의 적선통에 동전 소리가 끊이지 않았다

무엇이 사람들의 시선을 끌고

마음을 돌려놓은 것일까

팻말은 다음과 같은 글귀로 바뀌어 있었다

"봄은 곧 옵니다 그러나 저는 그 봄을 볼 수 없습니다"*

사소한 말 한마디가

마음을 크게 벌었던 것이다

나는 독자를 믿는다

높은 가지의 잎을 따 먹는
단독의 기린 같은 사람을
시인이라 부르면 안 될까요

눈이 늘 젖어 있어
따로 울지 않는 낙타 같은 사람을
시인이라 부르면 안 될까요

겉은 가시로 무장해 있지만
속은 찝찔한 물로 가득 찬 선인장 같은 사람을
시인이라 부르면 안 될까요

내릴 정거장이 없는 바람 같고
앉을 의자가 없는 물 같은 사람을
시인이라 부르면 안 될까요

그러면 안 될까요 독자여

자작나무에 자작자작
눈이 잠기는데
그래서는 안 될까요

몽돌

학동해변에 앉았는데
나는 마치
플로베르가 평생 잊지 못한 운명의 여인을 만난
노르망디해변에 있는 듯했습니다
그런데 파도는 서로 쳐다보지도 않고
혼잣말로 중얼거릴 뿐입니다
여름 바람은 단단하고 팽팽한 것이
성깔이 있는 듯 파도를 밀면서
해변에 있는 자갈들을 들었다 놓습니다
자갈들은 자기들끼리 이리저리 부딪치며 가라앉습니다
바람과 햇빛으로 한생을 지나는 사람들은
생활처럼 알지요 또다시 파도가 밀려오면
잠시 파도에 들어올려졌다 자기들끼리
몸을 부대끼면서 또 가라앉습니다
서로 부대끼면서 저렇게
둥근 돌이 되는구나, 하는 생각을 했습니다

나도 오늘

파도 소리에 부대끼면서
내게 남은 유일한 질문은
서로 부대끼면서 저렇게 모난 데 없는
몽돌이 될 수는 없을까, 하는 것입니다

초미금(焦尾琴)

채옹이라는 선비는
나무가 타들어가는 소리만 듣고도
좋은 재목인 것을 바로 알아차렸다고 한다

어느날 이웃 사람이
오동나무 태우는 소리를 듣고 좋은 재목임을 알아차린
그는
꼬리가 불에 그을린 오동나무를 사서
거문고를 만들었다고 한다

타들어간 자국이 남은 오동나무는
중중무진(重重無盡)한 거문고가 되었다고 한다

꼬리 그을린 거문고 속에는
사철 살아 있는 소리가 영롱했다고 한다

채옹이 아니었으면 땔감으로 끝나버렸을
꼬리 그을린 오동나무는

으뜸 거문고가 되어
사람의 심금을 울렸다고 한다

꼬리 그을린 거문고
채옹이 만든 초미금

구멍투성이인 내 몸을
단 한번의
초미금 소리로 버티고 싶네

비 오는 날

하늘이 흐려지더니 마음이 먼저 젖는다
이런 날은
매운맛을 보는 게 상책이다

아귀찜 먹으러 '싱싱식당'엘 간다
손아귀로 아귀를 뜯으면서 생각한다
지금까지 무엇을 하며 살았나
입속이 화끈거린다

나에게도 분명
매운 세상이 지나간 것이다

비처럼 젖는
세상의 예사로운 일이여
어떤 것은 눅눅하여
얼룩 된 지 여러날이다

비둘기가 종종거리며 길바닥을 찍고 있다

자전거를 굴리며 소년이
천상병거리를 지나고 있다
시인은 죽어 거리를 남겼다

모든 확신은
증오로 사랑으로 다가오는 것인지
생(生)의 후반이
우두커니 서 있다

별나지 않은 사람들의 별나지 않은 일에
귀 기울이는 저녁까지

비는 그치지 않고

세상에서 가장 멋진 일기를 써야 할 날은
오늘 같은 날이다

저녁을 부려놓고 가다

슬픔만 한 거름이 어디 있으랴던
시인 허수경 가고
속수무책이 당신이 세운 유일한 대책이라던
시인 황병승 가고
빈빈(彬彬)의 빛그물로 누워 떠내려가고 싶다던
시인 최정례 가고
붉은 황톳물 넘치는 강을 내려다보며
해가 지도록 울었다던
시인 권지숙 가고
별을 향해 걸어갈 내 발자국에는
왜 검은 그을음이 묻어 있는지 묻던
시인 배영옥 가고
한방울 눈물이 평생의 고백이라던
시인 박서영 가고
오, 나도 드디어 못 하나를 얻었다던
시인 김종철 가고
시인을 슬프게 하지 않고 아프게 하던
비평가 황현산 가고

저녁을 부려놓고
나보다 더 그리운 것은 가네*

그리운 것은 가고 나보다
더 많은 저녁만이 남았네

* 허수경의 시에서.

제 2 부

푸른 노역(勞役)

바람은 잘 날이 없어 어쩌면
목 놓은 소리로 헤매는 게 아닐까

나무는 흔들리는 것이 참을 수 없어 어쩌면
뿌리 깊이 버티는 게 아닐까

나는 어쩌면
에고의 몸무게를 빼지 않아 무거운 게 아닐까

나에게는 아직도 써야 할 바람이 있고
꽃 피어야 나무 이름을 아는 몽매(蒙昧)가 있다

이건 어쩌면
지독한 나의 푸른 노역이 아닐까

여전히 여전한 여자

마음〔心〕 아닌〔非〕 것이 슬픔〔悲〕이라 하겠는지요

부러진 마음이 곡절이겠는지요

낮이 기울면 서쪽 그늘이 깊어진다 하겠는지요

깊은 것이 수심이겠는지요

희망 없는 반복이 여자의 일이라 하겠는지요

여자는 태어나는 것이 아니라 만들어진다 하겠는지요

별을 하늘에 박힌 못이라 생각한 날이 여자에게는 많겠는
지요

사랑을 밀어가기 위해 여자는 더 아파야 하겠는지요

여자는 여자가 무서워져 냉정하겠는지요

여성(女星)은 시성(詩星)이 될 수 없어

저물면서 여전히

여전한 여자이겠는지요

공부하다가 죽어버려라

젊은 날 나의 궁리는
공부하다가 죽어버리는 것보다
사랑하다가 죽어버리는 쪽에 기울었다

사랑은 하는 척할 수 없고
공부도 하는 척할 수 없다는 걸 알고 난 뒤
궁리는 벌써 생각에 그치고
어느 사이에 나는
별똥별처럼 떨어지는 슬픔을 가졌다

그것은 누구도
대신 풀어줄 수 없는 문제 같아서
『슬픔을 공부하는 슬픔』*을 다시 펼친다
다음 생에는 내 기어코
사랑하다가 죽어버리겠다고 우기면
공부하다가 죽어버리라던 혜암 선사는
기쁨도 모르면서 어찌
슬픔을 알려 하느냐고 일갈하실까

세상에 쉬운 슬픔이란 없고
죽어라 사랑해도
세상에 슬픔 없는 사랑도 없어

나 혼자도 너무 많은 궁리며 고민까지도
덩그러니 남은 당간지주 같아서

한번쯤 혼자 슬퍼질 때
헛소리라도 공부하다가 죽어버리라는
그런 사람 또 없네

* 평론가 신형철 산문집.

그림자

마음에 지진이 일어날 때마다
마른 가지 몇개 분질렀습니다
그래도 꺾이지 않는 건 마음입니다
마음을 들고 오솔길에 듭니다
바람 부니 풀들이 파랗게 파랑을 일으킵니다
한해살이풀을 만날 때쯤이면
한 시절이 간다는 걸 알겠습니다
나는 그만 풀이 죽어
마음이 슬플 때는 지는 해가 좋다고
말하려다 그만두기로 합니다
오솔길은 천리로 올라오는
미움이란 말을 지웁니다
산책이 끝나기 전
그늘이 서늘한 목백일홍 앞에 머뭅니다
꽃그늘 아래서 적막하게 웃던 얼굴이 떠오릅니다
기억은 자주 그림자를 남깁니다
남긴다고 다 그림자이겠습니까

'하늘 보며 나는 망연히 서 있었다'
어제 써놓은 글 한줄이
한 시절의 그림자인 것만 같습니다

바람아래해변

물을 좋아하는 너와
바람을 좋아하는 내가
물처럼 살 수 없고
바람처럼 가벼울 수 없을 때

너보다 더 낮은 곳에 물이 있고
나보다 더 높은 곳에 바람이 있다는 걸
바람아래해변에 가서야 겨우 알았다

바람은 해변 아래서만 불고
물은 해변 아래서만 흘렀다

어떤 이는 세상에서 제일 좋은 것이 물이라 하고
누구는 세상에서 제일 가벼운 것이 바람이라 하지만

바람아래해변에선
모든 것이 바람 아래라는 것을
바람아래해변이 말해준다

바람이 불지 않고는
어떤 생각도 밀물처럼 밀려오지 않고
바람 없이는
어떤 후회도 썰물처럼 빠져나가지 않는

바람아래해변에서

바람을 맞고도
너와 나는 물처럼 하염없다

마침내

아침 바람은 가로등에 스치고
눈 내리는 날엔 풍경이 풍경을 본뜨지 않는다는 걸 알았
을 때

하루에도 사계절이 있고
매일 실패하며 살기도 한다는 걸 알았을 때

젊음은 제멋대로 왔다가 조금씩 물러나고
우리의 찬란이 세상모르고 지나가고 있다는 걸 알았을 때

마음에도 벽이 있고
생각에도 동굴이 있다는 걸 알았을 때

닫고 살기보다 열어놓고 살기란
더 강력한 삶이라는 걸 알았을 때

세상은 살 만한 곳인가
묻기 위해 전전긍긍했을 때

마음에도 야생지대가 있군, 중얼거리며

내가 마침내 할 일은

죽기 살기로 세상을 그리워해보는 것이다

고독을 공부하는 고독

영국에 고독부가 생기고
고독부 장관이 임명되었다
눈물로 전기를 만든다는 말 들었을 때보다
눈이 더 휘둥그레졌다

일주일에 하나씩 언어들이 사라져가고
매 시간 하나의 가슴이 깨어지고 있다고
통계학자들이 연구 결과를 발표했을 때
뭐? 하며 나는
하루에 십만번씩 뛰는 심장에 손이 갔다

고독을 밥처럼 먹고
고(苦)와 독(毒)을 옷처럼 입어본 나로서는
고독을 근본적으로 해결해보려는 고독부가
근본적으로 이해되지 않는다

그래서 고독처럼 고집불통으로
고독을 공부하는 고독에게

몇줄의 헌사를 남긴다

고독은 누구도 대신해줄 수 없어 고고한 것
고독은 누구의 접근도 사절하는 것

오늘은
서쪽에 서 있는 서어나무도
가지에 그늘을 숨기고
바람은 외로워서 방향을 바꾼다

생략 없는 구절

모감주나무 잎이 바람 소리를 달고 있다
저 소리 받아적으면 바람경(經) 될까
새소리 물소리 더 보태면 소리경 될까
산색은 그대로가 법신(法身)이고
물소리는 그대로가 설법이네

세상의 소리 중에
저 소리만 한 절창이 또 있을까
바람 같았으면 벌써
한 소절 따라 불렀을 것인데

절필한 내 목소리
자연처럼 자연스럽게 재창할 수 없나
살다가 비탈지면
한 두어달 무심하다가
자연을 쓰는 서기(書記)나 되었으면
언어로 절 한채 지었으면

한 구절도 생략할 수 없는 구절로

시작 노트에서

만약에…… 또는
……그러나를 반복하던 때
가슴속이 가을 서리 내린 듯하여
시작(詩作)의 목적이
긍정의 힘을 얻는 데 있다는 걸 몰랐다
첫 문장을 쓰듯
시작만 하면 되는 줄 알았다
실패도 배움의 일부라는 걸 모르던 때
시란 공든 탑 무너뜨리고 다시 쌓기라는 구절을
흰 공책에 옮겨 적었다
꿈은 삶의 최전선이라는 놀라운 구절도
각성하듯 빌려 적었다
그때 옮긴 구절이
혼자서도 끝내는 문장이 되었는지
나는 벌써
마른나무에 물오르는 소리 들어요
탈 만한 가을이네, 하면서 가을을 타고
여덟시에 떠나는 기차도 타지요

마음에다 인생을 집어넣고
황무지인 원 고지를 찾아 유배를 떠나지요

시의 본적은
나그넷길이고 빈터이니

슬픔을 줄이는 방법

빛의 산란으로 무지개가 생긴다면
사람들은 자기만의 무지개를 보기 위해
비를 맞는 것일까

빗속에 멈춰 있는 기차처럼
슬퍼 보이는 것은 없다고
까닭 모를 괴로움이 가장 큰 고통이라고
시인 몇은 말하지만

모르는 소리 마라
오죽하면
슬픔을 줄이는 방법으로 첫째인 것은
비 맞는 일이라고 나는 말할까

젖는 일보다 더 외로운 형벌은 없어서
눈이 녹으면 비가 되는 것이라던
선배의 말이 오늘은 옳았다

빗소리에 몸을 기댄 채
오늘 밤
나는 울 수 있다
전력으로

뒤를 돌아보는 저녁

길을 가다가 가끔씩
뒤를 돌아본다
말을 타고 달리다 이따금 내려
잘못된 것이 없나
뒤를 살펴보는 인디언처럼

두고 온 무엇이 있기라도 한 듯
뒤를 돌아본다
나도 모르게 생긴 버릇이다

뒤돌아보는 나는 지금 뒤편의 그늘을 보고 있는 것이다

뒤를 돌아보는 일이
나를 돌아볼 때처럼 어둑하다

내가 혼자가 되다니…… 돌아보면
나는 나 자신을 추스른 것이다
세상에 할 기억이 많아

진퇴양난을 겪기도 한 모양이다

가던 길 돌아보다
세상 참 더럽게 시끄럽네, 참을 수 없을 때
물속에 비친 달빛 같은
정화론(淨和論) 한편 쓸 수 있겠다

나는 오랫동안 한길 가기를 원했으므로
지금은 오래
뒤를 돌아보는 저녁이다

상계인

나는 오늘도 상계에 살아요
이곳에는
상계 중계 하계
삼계(三溪)가 있지요
그중에서도
숲 많고 물 좋은 상계 계곡에서
먼저 손을 씻어요

다음에는 다음의
미소를 배우려고 새소리 듣지요
새들은 생계망계한 소리로 울고
제 화법으로 노래하지요

노래하면서 울고
울면서 노래하는 새들이
나는 참 부럽지요
이 나무에서 저 공중으로 가벼운 비상이
나는 또 부럽지요

상계 지나 중계 따라 하계로 내려가면
하계 지나 중계 따라 상계로 오르면
욕계를 지나 색계를 따라 무색계로 드는 것 같지요
어마어마한 삼계(三界)에서
나는 잠시 현재라는 걸림돌에 넘어지지요

그럴 때 다시 물소리 들어요
새소리 바람 소리 지나간 자리
아무래도 물소리가 절창이지요
그 소리 하나로
화쟁(和諍)에 물들듯 상계에 정들어요

남들처럼 그러다가 혹시 운이 좋으면
남부럽지 않게
나는 오늘도 상계에 살지요

마들 시편 2

노원 갈대밭 지나
말의 들판 마들에 들어선 지 오래
환청이 영 가시지 않는다
말발굽 소리 기억한 탓이다
들에 바람 지나가고
그 속에 말 울음소리 떠도는 것 못 보았다
떠도는 것이 바람뿐이 아니라는 것
물이나 구름, 사람 또한
떠돈다는 걸 알지 못했다
말갈기 날리려고
나는 오직 말에 매달렸을 뿐이다
마들에 와 내 발은 또
잔등에 오르려고 발버둥 친다
들판 속에 몸을 밀어넣은 적 있다
들판의 무늬들 빛깔들
꿈은 또 얼마나 많은 걸 품었던가
먼 것이 좋아라 말들은 달려가고
채찍 소리 뜨겁게 나를 깨운다

그때마다 놀란 듯 일어선다
마들에서 말처럼 몇년째

오월에

오동꽃이
다투지 않고
단독으로 피었다

꽃그늘 아래서
적막한 게 싫어요 소리가 나야 해요
꽃처럼 웃던 누가 있었던 것 같다

미소를 몇백개나 가진 사람이 있었다고
누가 다시 말했던 것 같다

그는 너무 일찍 오거나
너무 늦게 온 계절이라고
누가 귀띔한 것도 같다

그랬는데

나는 나를 바로 보지 못했던 것 같다

지나치게 자신이었던 사람이 너였던 것 같다

바람결에 잎잎이 떨리듯
너는 몇초 동안 나였다

오월의 오동꽃이
대책 없이 지고 있다

바위에 대한 견해

꿈쩍 않는 바위는
한번쯤 구르고 싶을 때가 있을 것이다
바위는 바퀴가 아니므로
나는 그렇게 생각하였다

그 자리가 가끔
지루할 때가 있을 것이다
바위는 자리바꿈이 없으므로
나는 그렇게 생각하였다

우뚝 솟은 봉우리도
하늘 아래라고 생각하는 것이
산을 보는 바위의 마음일 것이다
나는 그렇게 생각하였다

바위를 볼 때마다
출발한 적도 없는 것이
어떻게 목적지에 도착했을까

나는 그렇게도 생각하였다

평생을 침묵하는 저력이
바위에는 분명히 있을 것이다
나는 늘 그렇게 생각하였다

철 따라 자리를 바꾸는 철새들은
바위의 속을 모를 것이다
나는 또 그렇게 생각하였다

마들 시편 3

마들 한쪽이 그늘에 들린다 풀들이 눕고
풀벌레들 울음 그친다 내가 마들에 들어
첫발 내렸을 때 나는 무엇을 생각했을까
산보다는 산그늘을 들보다는 들판에 깃드는 어둠을
생각했을 것이다 나는 또 마을까지 따라온
산그늘을 그늘 아래 뜰을 보았기를 바란다 늦가을
가을 농사 거기서 시작되면 존재의 그늘에 대해
많은 것을 생각하지 않기를 바랄 것이다

들판이 좋아 모여든 들새들아 마을에서 제일
넓은 것이 들판이란 걸 알았느냐 날마다 들의
판이 느슨해질 때마다 더 넓은 바다며 하늘이며
더 더 넓은 세상의 품속으로 너는 날아가겠지
태어나려는 모든 세계가 넓어질 수 있다면
방황은 금기가 아니라 생의 중요한 통과의례라고
말했을 것이다

들판은 언제나 밥이 복이라 믿는 자들의 것

그늘 속에 그늘처럼 잠겨서 햇빛 속 귀순을
생각한다 마들은 왜 말발굽 소리 들리지 않나
그늘 깊어지니 마들도 기운다 살아 있는 것들의
바람이 들판같이 된다면 마들아 너는 하루에
대해 무엇이라 말할까 말할 수 있을까 물가에서의
하루 말고 들판에서의 하루

있다

함께 있어도 거리를 지키는 벼가 있다
우짖음으로 자신을 지키는 새가 있다
울음소리로 존재를 알리는 벌레가 있다
하루에 몇십만번씩 물결치는 파도가 있다
물살이 역류하는 개울이 있다
나무 위에 사는 나무가 있다
잎 끝에 돌기를 가진 꽃이 있다
한평생 물 안 먹는 짐승이 있다
죽어가면서 빛을 달라고 한 사람이 있다
다시는 태어나지 않을 내가 있다

제 3 부

견디다

울대가 없어
울지 못하는 황새와

눈이 늘 젖어 있어
따로 울지 않는 낙타와

일생에 단 한번
울다 죽는 가시나무새와

백년에 단 한번
꽃 피우는 용설란과

한 꽃대에 삼천송이 꽃을 피우다
하루 만에 죽는 호텔펠리니아 꽃과
물속에서 천일을 견디다
스물다섯번 허물 벗고
성충이 된 뒤
하루 만에 죽는 하루살이와

울지 않는 흰띠거품벌레에게
나는 말하네

견디는 자만이 살 수 있다
그러나
누가 그토록 견디는가

그는 낯선 곳에서 온다

그가 낯선 곳에서 오는 것은
낯선 풍경이 함께 오는 것이다
그는 어떻게
산이 웃는다고 쓰고
가지가 찢어지도록 달이 밝다고 쓸 수 있었을까
그는 어떻게
비를 끈이라 쓰고
빗방울 속에 신이 있다고 쓸 수 있었을까

그가 낯선 곳에서 오는 것은
낯선 사람이 함께 오는 것이다
그는 어떻게
고통은 때로 축복이 된다고 쓰고
가난은 때로 운치가 있다고 쓸 수 있었을까
그는 어떻게
우는 꽃이란 없다고 쓰고
휩쓸리는 낙엽을 쫓기는 여진족 같다고 쓸 수 있었을까
그는 어떻게

개미의 행렬을 보고 인생은 덧없다고 쓰고
객기로도 그리워지는 밤이 있다고 쓸 수 있었을까

그가 낯선 곳에서 오는 것은
낯선 삶이 함께 오는 것이다
그는 어떻게
삶을 그물이라 쓰고
어떤 죽음은 후련한 삶이라고 쓸 수 있었을까

어느 땐
낯선 바람이 함께 와서

무릎을 땅에 대고
제 속이 검게 썩어가면서도 열매를 맺는
먹감나무를 오래 생각하였다

백석별자리

프랑스 왕립천문학회가 새로 발견한 별에
랭보 이름을 붙이기로 했다는 이야기가
몇년 전 파리에서 들려와
나를 감동시키더니
우리는 언제
새로 발견한 별에
백석 시인 이름을 붙일 수 있을까
간절해지더니
며칠 전 신문에서
별이 일초에 일흔아홉개씩 사라진다는 소리를 듣고
꿈이 사라지는 것처럼
놀랐느니
우리나라 천문학회는
아직 새 별을 발견하지 못했는지
아무 기별이 없어
나를 애타게 하느니
이것이 간절하여 극에 달하는 길이거니
무궁의 길이거니

갈망과 기대는 누구나 가질 수 있는 것

나, 오늘
돛을 단 별자리 같은
시인 별자리 하나 쓰고야 말겠네

그 말이 나를 삼켰다

아름다움이 적을 이긴다 하기에
미소 짓는 이 꽃이 내일이면 진다는 걸 믿지 않았다

할 수 있을 때 장미 봉오리를 모아야 한다기에
한낮의 볕이 그늘 한뼘 들여놓는 걸 잊지 않았다

불은 태울 수 없고 물은 물에 빠질 수 없다기에
사람이라도 좀 되어보자고 결심했다

끝없는 풍경은 밖에 있지 않고 안에 있다기에
세상에 드러나 부끄럽지 않은 것이
꽃밖에 더 있을까 생각했다

삶에는 이론이 없다기에
우리가 바로 세상이라는 걸 알게 되었다

모든 것이 변했는데 아무것도 변하지 않았다기에
붓 쥔 자는 외로워 굳센 법이라는 걸 이해하게 되었다

내가 갈피를 잡는 동안
그 말이 나를 삼켰다

눈물 전기

눈물로 전기를 만든다는 오늘의 뉴스에
눈이 휘둥그레진다
인류가 흘리는 눈물은
줄어들지 않는다는 걸 알고는 있었으나

공항이나 기차역, 부둣가나 종점에서
헤어지는 사람들의 눈물을 수집하는 시설을
만든다는 또다른 뉴스에
눈이 또 휘둥그레진다
사람에게 남은 유일한 진실은
우리가 이따금 우는 것이라는 걸 알고는 있었으나

나는 너무 놀라서
항상 진실을 말하는 거짓말쟁이 시인의
말은 아닐까 생각을 해보는 것이지

얼마나 뜨거운 눈물이 모여
눈물 전기가 되나

얼마나 많은 흐느낌이 있어야
눈물 전기가 되나

눈물은 선한 눈이 울고 있는 눈일 것인데
울음을 먹고 살지 않는 눈은 없을 것인데

눈물이 낯설어질까 두려운 시절이다
휘둥그레진 눈에 전기가 오는 것 같다

삼월

백줄의 검은 옷을 입다가
한편의 흰옷으로 갈아입는다

좋은 계절의 문장을 쓰겠군
왜 쓰느냐고 누가 묻는다면
대답 대신 시를 피워버리라고 말하겠다

이런저런 것을 쳐다보고
그냥 어리둥절하는 것
그것을 삶이라 쓰겠다
누구나 살고 싶은 곳에서
하고 싶은 것 하면서 살기를 바라지

이제는 그날을 생각도 하지 않겠다
해보는 수밖에 길은 없다고
처방시를 쓴 시인도 없지 않지만
비유를 외투처럼 걸치고 천천히 걷기로 한다

삼월은 마음을 움직이게 하는 달*
봄날의 온기를 미리 꾸어 와
손으로 씨 뿌리고 눈으로 거둘 것이다

그날이 올 것을 생각하면
나는 미리미리 기쁘고
그래서 마음은
한편의 흰옷을 여미어보는 것이다

* 인디언들은 삼월을 '마음을 움직이게 하는 달'로 부른다고 한다.

일흔살의 메모

나는 쓰기 위해 메모를 했습니다
불꽃 메모를 하던 마흔부터
익은 열매 같은 일흔의 메모까지

내 생각은 나의 말이 되었고
나의 말은 내 행동이 되기도 했습니다

자명한 것은 낮과 밤뿐이라고 말들 하지만
낮과 밤은 짧기도 하고 길기도 하였습니다

팔천번 비행을 하고
석달의 일생을 마치는 일벌도
초겨울 하얀 서리를 맞으며
피어나는 산국(山菊)도
나의 오랜 메모를 비껴가진 못했지요

아픈 가지 생살 돋듯 돋아나는 새싹을 보면
기쁜 눈물이 날 듯하여

씨앗으로 폭격을 하면 풍년이 될 수 있을까
다소 황량한 질문을 적기도 했지요만
그것이 나의 첫 메모였습니다
이 세상의 최고의 일은
씨앗이 움트는 일이라 생각했으니까요

깨어진 나라의 난민이 된 아이들을 보면서
총을 내려놓으면
아이를 안을 수 있을까
울음도 오래 울면 울음의 맨 끝이 웃음일 수 있을까
안타까운 메모를 한 적도 있지요
아이에게 어미는 최초의 집이라 생각했으니까요

어느날은
한동안 잊고 산 하늘을 향해
하늘을 잊지 않으면 먼 마을도
가까울 수 있을까 묻기도 했습니다

그 물음이
얼마나 오래 내 발길을 떠돌게 했는지
신발 뒤축이 다 닳았습니다
길은 발길 닿는 곳마다 시작하는 것이었습니다

별이 뜰 무렵이면
아름다움을 포기할 수 없어서
둘레도 모르는 고통을 안고는 한다고 쓰기도 했습니다
그래도 내가 무너지지 않은 건
세상에 대한 질문이 남은 때문이라고
살기 좋은 곳은 새들도 날아든다고 메모해보지만

일흔은 무엇인가 잃은 나이 같아서
어떤 술책도 묘책이 될 수 없다고 쓰려다 멈춥니다
속수무책이 대책이 될 수도 있다는 걸 알고 말았으니까요

일흔살의 메모는
잃은 것이 많은 메모였습니다

무소유의 메모였습니다

들여다본다

허전한 허공을 들여다본다
내가 공허한 메아리를 날렸던 저곳
새 한마리
공중을 차고 오른다
속도가 아닌 방향의 독무(獨舞)다

들여다보니
내가 독무를 춘 지도 오십년이 되었다
놀라서
오십년의 시력(詩歷)을 들추어본다
말을 벼려 시에 이르는
시인 노릇 하기 혹독하다

겨울이 혹독하면
바람결에 구름이 어두워지고
나무도 나이테가 많아지는데

사람을 들여다보는 일이 오래되었다

볼 수 없는 달의 뒤편처럼 아득하다

한곳을 들여다보는 사람은 혹독하게 가는 사람

독무대에서 독무를 추는 일이
하늘 속 새나 땅 위의 나 자신이나
크게 다르지 않다는 것이

잔설 속에서 돋아나는 새싹을
들여다볼 때처럼
신기할 따름이다

잡(卡)*에서의 하루

게가 허물 벗을 때
떠내려온 게껍데기 건져
그 껍데기 지붕 삼아
바닷가에 세운 옛 선술집 잡에서
잡놈처럼 한잔 걸치고 싶다

상(上)도 하(下)도 없는 수평선 베고 누워도 보고
문도 벽도 없는 하늘 밀고 들어가
바람까마귀처럼 길을 잃고도 싶다

마음대로 소리치는 파도나 한번 되어보다가
선술집 문 열어젖히는 가수알바람이나 한번 되어보다가
내가 잔을 기울이니 해도 따라 기우네 건들거리며
하루를 잡담처럼 넘기고 싶다

잡에서의 하루
참 이것은 너무 많은 잡생각입니다
내가 생각한들 어디까지 가겠습니까

하루는 하나의 루머가 아니다

새벽이 왁자지껄 길을 깨운다 가로수들이
벌떡 일어서고 눈에 불을 켜고 가로등이
소의 눈처럼 끔벅거린다 땅은 꿈쩍 않는데
차들이 바쁘다 발을 구른다 구를수록 눈덩이처럼
커지는 하루 구르는 것이 하루의 일이라서 일의
속이 오래 덜컹거린다 어둠 속이든 가슴속이든
속은 들수록 깊어지나 바깥은 하루살이 아침에
피었다 저녁에 진다 지는 것들은 후기(後記)가
없다 인생은 얼굴에 남는다고 말할 뿐이다 나는
왠지 세상에서 서늘하여 지는 해를 붙잡았다
놓는다 잘 보내고서 기억하면 되는 걸 그러면
되는 걸 하루가 천년 같다고 생각해본 사람들은
안다 하루는 하나의 루머가 아니다 오늘 하루는
내가 그토록 살고 싶은 내일이다

단 한 사람

라파엘로가 천장화를 그릴 때였다
사다리를 잡아주라는 왕의 말에
재상이 불만을 나타내자
잔소리 말라며
왕이 한마디 했다

재상의 목이 달아나면
다른 사람이 대신할 수 있지만
라파엘로의 목이 달아나면
저 그림을 대신 그려줄 사람은
이 세상 어디에도 없다고
저 그림을 그릴 사람은
이 세상에 단 한 사람뿐이라고
오직 라파엘로뿐이라고

왕도 이쯤 돼야 진짜 왕이지
왕벌이 날아가다
맞장구치며 윙윙거린다

의외의 대답

내가 세상에 와
잘한 것이 무엇이냐고 묻는다면
말보다 침묵으로 말하겠다
강변에 나가 앉아
물새야 왜 우느냐 물어보았던 것
나는 왜 생겨났나 생각해보았던 것

내가 세상에 와
잘한 것이 무엇이냐고 다시 묻는다면
흘러가는 말로 다시 말하겠다
강가에 서서
그냥 미소 짓고 답하지 않는 노을을 오래 바라보았던 것
나는 왜 사나 알아보았던 것

내가 세상에 와
제일 잘한 것이 무엇이냐고 거듭 묻는다면
사람의 말로 거듭 말하겠다
무릎 꿇고 앉아

남의 고통 앞에 '우리'라는 말은 쓰지 않았던 것
나는 왜 사람인가 물어보았던 것

내가 세상에 와
끝까지 잘한 것이 무엇이냐고 끝까지 묻는다면
마지막 남은 나의 말로 끝까지 말하겠다

단 한 사람이라도
마음 살려주고 떠나는 것
다시는 몸 받지 않겠다며
나를 잃는 것

집으로의 여행

단풍멸치들은
가을 나뭇잎이 가지를 떠날 무렵
산란하려고
달빛 밝은 밤을 기다린다
달빛이 단풍처럼 물들면
내만(內灣)으로 돌아온다
돌아온 가을 멸치를
어부들은 단풍멸치라 부른다

연어가 모천을 찾는 것은 이 무렵이다
산짐승들이 가을을 기다려
털갈이할 때도 이 무렵이다

이 가을에는
나에게 주어진 낙엽 한장만으로도
집으로 돌아갈 궁리를 할 듯도 하다

그물을 접어 들고

어부들이 집으로 돌아가고 있다

어디든 가야 한다 가야만 하기에
잔가지를 꺾어
길바닥에다 '집'이라 써본다

왜?라는 이유도 없이

굴뚝새는 팔초에 백세가지 음을 내면서
숲을 노래로 가득 채우는데
새벽에 노래하는 붉은가슴울새는
피 토하듯 노래를 계속하는데
여왕흰밤나방은 날개에 물결무늬가 가득한데
노랑부리할미새는 기린의 등에 매달려
진드기를 잡아먹고 사는데
꿀벌은 한방울의 꿀을 모으기 위해
일초에 이삼백번 날갯짓을 하는데
쇠똥구리는 달빛을 이용해 구르는데
시인이 시를 쓸 때 일용할 양식은 위기감인데
주먹을 꽉 쥔 채 웃을 수는 없는데

어딜 가나 바람 소리 들리고
어디서나 왜 또 바람은 부나

몇번의 겨울

하늘 추워지고 꽃 다 지니
온갖 목숨이 아까운 계절입니다

어떤 계절이 좋으냐고 그대가 물으시면
다음 계절이라고 답하지는 않겠습니다

겨울로부터 오는 것이 봄이라고
아주 평범한 말로
마음을 움직이겠습니다

실패의 경험이라는 보석이
저에게는 있습니다

내가 간절한 것에
끝은 없을 것입니다

제 4 부

짧은 심사평

나무들이 바람을 남기듯이
시간이 메아리를 남기듯이
달이 바닷물을 끌어당기듯이

불 켠 듯 불을 켠 듯

해를 향해 가라
그림자는 늘 자신 뒤에 있을 것이니
그대는 행성이 아닌 항성

장래가 천천히
눈부셔지길 바란다

슬픈 유머

논리적인 사람이 총을 쏘면
무슨 소리가 날까, 타당타당
아재 개그를 듣다가
정말 타당한 말이네, 하면서
한바탕 웃었다
웃는데도 기가 막혔다

유머가 넘치던 처칠이
마지막에 남긴 말은 무엇이었을까
"모든 게 지루했어"
그 말을 듣다가
정말 뜻밖의 말이네, 하면서
한참 동안 기가 막혔다

기막힌 몸이 슬퍼져서
긴꼬리딱새처럼 길어졌다

그늘에 기대다

나무에 기대어 쉴 때 나를 굽어보며
나무는 한뼘의 그늘을 주었다
그늘에다 나무처럼
곧은 맹세를 적은 적 있다
누구나 헛되이 보낸 오늘이 없지 않겠으나
돌아보면 큰 나무도
작은 씨앗에서 시작된 것
작은 것이 아름답다던 슈마허도
세계를 흐느끼다 갔을 것이다
오늘의 내 궁리는
나무를 통해 어떻게 산을 이해할까,이다
나에게는 하루에도 사계절이 있어
흐리면 속썩은풀을 씹고
골짜기마다 메아리를 옮긴다
내 마음은 벼랑인데
푸른 것은 오직 저 생명의 나무뿐
서로 겹쳐 있고 서로 스며 있구나
아무래도 나는

산길을 통해 그늘을 써야겠다
수풀떠들썩팔랑나비들이 떠들썩하기 전에
나무들 속이 어두워지기 전에

아무 날도 아닌 날

오늘 하루를 생각 없이 보내버렸다
어제 죽은 친구가
그토록 보고 싶어하던 내일인데
아무 날도 아닌 날이 되어버렸다
오늘을 통해 내일이 오는 줄 모르고
강물이 흘러 바다로 가듯이
오늘은 흘러 어디로 갔나
종일 꽃 지는 그늘 속으로
바람이 속설처럼 날아다닌다
날개도 없는 것들이
내일로 가는 길을 지그시 누른다
긴긴 겨울이
주먹 속에 봄을 움켜쥐고 있다
바람은 또
앞질러 계절을 살핀다

세상에서 제일 몹쓸 것은
오늘을 함부로 낭비한 사람

낭비하고도 내일을 가질 것 같은 사람

다시 쓰는 사계(四季)

초록이 조금씩 지쳐가더니
바람의 기색이 달라졌습니다
지난 일은 참 더웠습니다

구름이 흩어지는 걸 보니
가을이 가까운 듯
산그늘이 깊어집니다
그늘에 기대어
수고로운 인생이라 쓰고 지웁니다

정답 없는 질문에 해는 기울고
사람의 눈이
별빛을 만들기도 합니다

안간힘을 인간의 힘이라 하기에
눈이 녹으면 봄이 된다는 걸
겨우 알았습니다

다음날은 노루목에 서서
사람이 많아 잊기도 한 하늘을
오래 바라보기도 하겠습니다

사는 일이
거두는 일보다
지독히 다행한 계절입니다

되풀이

땅이 꺼질 듯 한숨 쉬어도
바닥은 한사코 저를 놓아주지 않고
하늘이 무너질 듯 절망해도
우리는 끝까지 반성하지 않는다

사랑은 맺거나 이루지 않으면서도 빠지기만 하고
죽음만이 사람을 갈라놓는다면서도
삶이 사람을 떼어놓기도 한다

보고 싶어 죽겠다면서도 죽는 사람 없고
분명하게 꽃은 진다

세월이 좀먹지 않는다면서도
시간은 좀팽이처럼 서둘러 가버리고
하던 일 그만두면서도
고민은 늘 그 자리에 있다

어제와 다른 오늘을 살겠다면서도

다르지 않게 살기도 하고
숲은 적당히 베어줘야 잘 자란다면서도
사람이 사람을 온전히 베기도 한다

증오와 혐오 사이에서도 각오를 하고
잡초 우거진 오솔길에서
나는 천천히 내가 된 것이다

이것이 어제의 되풀이라면
오늘은 되돌아서서 풀이해보겠다
되풀이가 되물림되기 전에

수락 시편 2

수락산 기슭에
기대어 산 지 이십년
도심은 멀고 하늘이 가까워서 좋다

창을 열면
앞산 능선이 한줌 가망(可望)처럼 다가오고
밤이면 소쩍새가 옛정 이기지 못한 듯
소싯적 소싯적 울기라도 하면
나는 라고메라섬 부족처럼
휘파람 언어로 바람 소리를 낸다

삶이 어쩌자고
저쪽처럼 되어버렸는지
내가 자청(自請)한 삶에 안개 자욱하다

누구에게나 이야기는 있겠으나
어쩌다보니 그렇게 되었다는 말은 수정되어야 한다

살기 위해서
사람이 간 길을
오래 걸어본다

어려울 땐 살아 있는 모든 것이
네 어머니라고 생각하라던 아버지가
보고 싶은 날이 계속된다

나의 근황은 아무래도 불황이다
끝내는 따지는 삶 말고 다지는 삶이라야겠다

수락산 자락에 바람이 분다
다시 살아봐야겠다

여름의 어느날

들꽃은 끝까지 절정의 빛을 보여주고
솟아오르는 바로 그 빛을 쬐어보려고
나는 들판으로 간다
올라갈 길도 내려갈 길도 없는
들길이 얼마 만인가
세상의 모든 궁금한 일들
줄어든 날이 얼마 만인가
소유보다 자유가
마음 한 철 된 것이 또 몇해 만인가

인생에는 퇴고란 없어
왜?라는 이유 없이도
나는 오래 서쪽을 본다

들판에선 서쪽이 절경이다
절경이 절창 같아 더 갈 곳이 없다
해가 기우는데도 왜 이렇게 좋지,라는 말이
절로 나올 때처럼

여름의 어느날을
벼락 치게 해준 노을이여

네가 내 절대다 다시 나의 대안이다
세상에서 가장 멋진 하늘이다

다시 여름 한때
2020년 해운대에서

흐린 하늘에서 빗줄기가 내려온다 모로 누운 해안선이
지그시 눈을 뜬다 물결이 물끄러미 해변을 엿보는데
어린 갈매기가 뒤뚱뒤뚱 걸어간다

비상하는 생! 하늘이 저렇게 먹먹하다
비상만이 내 꿈이 아니라는 걸
깨닫는다 바다 한쪽이 조금 기우뚱한다

물결이 바람 따라 달려나온다 놀란 파도가
파편처럼 튀어오르고 섬들도 가끔 비틀거린다
웬 물줄기가 저렇게 기진맥진이다

좁아지는 모래사장 꿈이란
이렇게 자꾸 작아지는 것이라고 중얼거린다

나는 겨우
숨 쉬며 끼룩거린다 살아 출렁거린다

달맞이고개에서 한 철

　달맞이하려고 월견령(月見嶺)을 넘는다 한 고개 넘는데 달이 자꾸 따라온다 따라온 달빛 한 자락 방파제를 넘는다 청사포 포구 파도 높고 물길이 낮다 높고 낮은 것이 고개뿐일까 몇굽이 고개들 고비들 누구나 넘어야 할 고개는 있는 것이다 넘고 싶은 마음이 고개에 머문 듯 오르고 싶은 발길이 고비에 멈춘 듯 넘어가지 않는다 오, 고개와 고비의 높음이여 고개 너머 동백섬이 먼 듯 가깝다 가깝고도 먼 저것이 해파랑길일까 투신하듯 달빛 떨어지고 마음은 하늘을 당겨 달을 받는다 지금은 물소리 깊어지는 시간 내 수심도 깊어져 나는 또 넘어야 할 고비가 따로 있다는 것일까 길 잘못 든 그날부터 한 고비 한 고비가 길잡이가 되었다 몇굽이 고갯길 오르다 한 철 다 보내는 동안 달빛을 달의 빛이라 다시 쓰고 옛 이름 월견령을 달맞이고개라 고쳐 읽는다 달맞이고개란 달을 맞이하는 고개라는 것을 물살 잦아든 해안선은 알고 있을 것이다 나보다 먼저 달맞이 한 철 보냈을 것이다

귀는 소리로 운다

귀뚜라미 소리가
귀 뚫어, 귀 뚫어 우는 것 같다
그동안 내가
귀를 닫고 산 까닭이다

내가 나를 견디는 동안
눈을 닦고 보아도 산빛은 어둡고
강물은 먼 데로만 흘러가
꽃 지는 소리조차 듣지 못했다

이 세상 모든 소리는 비명 같아
귀에 한 세상 넣어주는 소리만이
침묵을 대신하는 유일한 문장이라고 쓰고는 하였다

어디서 오는 소리든
슬픈 소리는 눈으로 듣고
귀는 소리로 운다고
귀 뚫은 듯 귀 뚫은 듯

이렇게 자꾸 귀 기울여보는 것인데

나는 이제
다른 소리 들을 수 있는 귀를 가지게 되었다

귀는 소리로 운다

어느 미혼모의 질문

슬픔 아픔 고픔
이따위 단어들은
왜 늘 현재진행형일까요

어제 그날 옛사랑
이따위 단어들은
왜 모두 과거완료형일까요

구름 여울 바람
이따위 단어들은
왜 다들 정처가 없는 것일까요

울음바다 눈물바람
이따위 단어들은
왜 또 과장되는 것일까요

아이가 울음을 그치지 않네요
저 아이는

제 불행을 아는 듯

한번 울면 오래가요

저것이 저 아이의 미래형일까요

어떤 충고

빗자루처럼 걸레처럼 살기 위해
집을 떠난다는 한 사람의 낮은 말을 들었을 때
문득 인도에서 만난
헐벗은 여자 거지가 생각났다

"때로는 주고 싶을 때 줄 수 있는 것도
행복이다 난 주고 싶어도 줄 것이 없다"

내가 한푼 줄까 말까 망설이고 있을 때
바라나시의 여자 거지가 그렇게 충고했다
빗자루처럼 걸레처럼 살고 있는
사람의 충고 같았다

그 충고가 얼마나 센 바람인지
마음 하나 말 한마디 눈짓 하나가
내가 가진 것 전부일 때
가난하다고 줄 수 있는 게 없지는 않았다

줄 것이 있어 내가 따뜻하던 때
땅과 하늘과 구름과 나무가 다
어린 새와 풀벌레와 여치를 깨우고는

가난해서 아프지 말라고
차별 때문에 병들지 말라고
시련에 대해 한 문장 썼을 때
풀벌레 풀섶에 숨고
새도 여치도 울지 않던 저녁

주고 싶어도 줄 것이 없다는 여자 거지와
주머니에 돌을 넣고 강물에 뛰어든 여자 작가가
어떤 충고처럼
나의 비망록
끝 페이지에 기록될 것이다

나를 살게 하는 말들

얼음이 녹으면 봄이 된다는 말이

나를 살게 한다

불완전하기에 세상이 풍요하다는 말이

나를 살게 한다

나를 잘못 간직했다가 나를 잃는다는 말이

나를 살게 한다

시가 없는 세상은 어머니가 없는 세상과 같다는 말이

나를 살게 한다

그중에서도 나를 살게 하는 건

사람을 쬐는 것도 필요하다는 말

날마다 나를 살게 하는 말의 힘으로

나는 또 살아간다

삶에 대한 끝없는 질문을 던지기 위해

나는 왜 시를 쓰는가, 쓰려고 하는가? 스스로에게 물어볼 때마다 나에게 시란 무엇이며 시를 통해 내가 찾는 것은 무엇인가 생각해본다. 시가 밥 먹여주는 것도 아니고 나를 편안하게 해주는 것도 아닌데 무엇이 왜 나를 이 고통스럽고도 피 말리는 일에 등을 떠미는 것일까 생각해보게 된다. 생각만 바꾸면 다른 일도 할 수 있을 텐데 나는 왜 시인으로만 살려고 하는지 자신에게 묻게 되는 것이다.

시인들에게 왜 시를 쓰느냐고 물어보면 시인마다 대답이 다 다르다. '나는 내가 아니기 위해 시를 쓴다'는 시인이 있고, 어떤 시인은 '질서를 벗어나기 위해서 쓴다'고 한다. '말이 하기 싫어서 쓴다'는 시인이 있는가 하면 '작은 우주 속에 큰 우주를 들여놓기 위해 쓴다'는 시인도 있고 '그냥 시가 좋아서 쓴다'는 시인도 있다. 나에게 왜 시를 쓰느냐고 물으면 나는 '잘 살기 위해서'라고 대답한다. 잘 산다는 것은 시로써 나를 살린다는 뜻이다. 어떤 일을 해도 시만큼 나를 살려주는 것은 없는 것 같다. 그래서 나는 시와 소통할 때 가장 덜 외롭다.

시란 나에게 무엇인가 생각할 때마다 시인인 나는 누구인가를 연관 지어 생각하게 되고, 시를 어떻게 쓸 것인가를 생각할 때도 시인으로 어떻게 살아갈 것인가를 연관 지어 생각하게 된다. 시를 쓴다는 것은 과연 무엇인가? 진정한 시인이라면 이 간단한 물음을 간단하지 않게 가슴속에 매달고 살 것이다. 자신에게 시란 세상의 헛것과 싸울 수 있는 유일한 방책이기 때문이다.

시인으로 험한 세상을 살아내야 한다는 생각이 들 때마다 "가짜 시인은 언제나 타자의 이름으로 자기 자신에 대해 말하지만 진짜 시인은 자기 자신에 대해 말할 때도 타자와 함께 말한다"는 옥타비오 파스의 말을 떠올리게 된다. 시인의 눈은 언제나 구경꾼이 되고 발은 나그네가 되어 낯선 것을 많이 보고 새로운 것을 발견할 수 있어야 살아 있는 시를 쓸 수 있다. 시인이 온몸으로 온 정신으로 시를 써서 좋은 시가 되면 그 시는 독자들이 읽어야 할 충분한 이유가 된다. 살아 있는 시는 독자들에게 다양한 삶을 이해하게 하고 깨닫게 하기 때문이다.

시는 내가 본 만큼 쓰게 하고, 내가 발견한 만큼 쓰게 하는 내 삶의 저자이다. 그래서 시와 소통할 때 세상은 살 만하다고 나는 말한다. 지금은 시 외의 어떤 삶도 나에게는 의미가 없다. 시가 내 인생을 바꿔놓았기 때문이다. 시는 이제 내 삶에서 떼어버릴 수도 없고 어쩌지도 못하는 운명처럼 되어버렸다. 마치 한집에서 오랜 세월 동고동락하며 끈질기게 살아온 조강지처 같은 존재가 되어버린 것이다.

한가지 일에 평생을 바친다는 것은 운명을 거는 것과 같다고 생각한다. 운명을 걸지 않았다면 어떻게 그토록 고통스러운 일에 혼신을 바칠 수 있으며, 돈도 밥도 안 되는 시가 무슨 의미가 있을까. 시는 나에게 던져진 운명처럼 존재한다. 나를 끌고 가는 시가 없었다면 따라가는 나도 없었을 것이다. 내 삶에서 시는 단독정부의 수반처럼 무서운 권력을 쥐고 있다. 살아 있는 시는 내 정신의 부활을 맞게 해주고 그렇지 않은 시는 나를 정신의 이방인으로 소외시킨다. 소외당하지 않으려고 나는 끊임없이 위기의식을 가지고 끊임없이 부딪치고 끊임없이 자각하면서 끊임없이 새로워지려는 자세를 가지려 애쓴다.

시를 주도하는 진짜 힘은 자신을 인정하는 데에서 시작된다고 생각하며 시 쓰기의 어려움을 극복한다. 우리들 앞에 벽이 있는 것은 앞으로 나아가다가도 잠깐 멈춰 서서 생각해보라고 있는 것이다. 인디언들은 말을 타고 달릴 때 한번씩 내려 뒤를 돌아보는데, 자신이 달려온 길에 후회가 없도록 살피는 것이라고 한다. 시를 쓸 때에도 벽 앞에서 잠깐 생각하는 것처럼, 달리는 길에서도 잠깐 뒤를 돌아다보는 것처럼 시를 살펴야 할 것이다. 인간의 장점 중 하나는 멍들었다고 다 썩지 않는다는 것이며 헤맨다고 다 길을 잃는 것은 아니란 사실이다.

꽃 심고 김매듯이 삶도 글도 하루하루 일구는 것이다. 우리는 날마다 많은 말을 하고 살지만 그 말이 얼마나 소중한지 잊고 살기도 한다. 말은 세상에서 가장 강한 것이 될 수도 있고 기적을 만들 수도 있다. 이것이 언어의 힘이다. 시(詩)도 언어로 짓는 절이며 말로써 지은 빚을 갚기도 한다.

1920년 뉴욕의 추운 겨울, 가난한 한 노인이 "나는 시각장애인입니다"라고 쓴 팻말을 앞에 놓고 공원 앞길에서 구걸하고 있었다. 지나가던 몇 사람만 적선할 뿐 그를 눈여겨보는 사람은 많지 않았다. 그때 한 남자가 시각장애인 앞에 잠시 머물다 떠났다. 그뒤로 놀라운 일이 일어났다. 시각장애인의 적선통에 동전 소리가 끊이지 않았다. 무엇이 사람들의 시선을 끌고 생각을 바꾼 것일까? 팻말은 다음과 같은 글귀로 바뀌어 있었다. "봄은 곧 옵니다. 그러나 저는 그 봄을 볼 수 없습니다." 글귀를 바꿔놓은 사람은 프랑스의 시인 앙드레 브르통이었다.

언어의 힘에 대해 다른 얘기를 하나 더 해보겠다. 미국의 여성 작가 델마 톰슨의 이야기이다. 델마 톰슨이 전쟁 중에 군인인 남편을 따라 사십도가 넘는 사막에서 살 때 도저히 그 생활을 견딜 수가 없어서 이혼을 해서라도 집으로 돌아가겠다는 편지를 집으로 보냈다. 그때 아버지의 답장은 단 두줄이었다. "두 사나이가 감옥에서 창밖을 바라보았다. 한 사람은 흙탕물을, 한 사람은 별을 보았다." 아버지의 편지가 계기가 되어 델마 톰슨은 『빛나는 성벽』이라는 소설을 썼다. 소설을 쓴 뒤, 어느 인터뷰에서 그녀가 한 말도 단 두줄이었다. "나는 자신이 만든 감옥의 창을 통해/별을 찾을 수 있었다." 언어의 힘이란 이런 것이다. 이런 힘이 시를 쓰게 한다.

시인이 되기 전 시 공부 할 때 나는 나 자신한테 잊지 말자고 당부한 두가지 말이 있다. 하나는 "그대는 삶을 사랑하는가? 그렇다면 인생을 낭비하지 마라. 시간은 삶을 만드는 자료이니까"라는 벤저민 프랭클린의 말과 다른 하나는 "시를 쓰지 않으면 살아 있는 이유를 찾지 못할 때 시를 쓰라"는 릴케의 준엄한 말이었다. 그 말을 디딤돌 삼아 시인이 된 뒤에는 "나는 시작(詩作)의 출발부터 시인을 포기했다. 나에게서 시인이 없어졌을 때 나는 시를 쓰기 시작했다"는 김수영 시인의 말을 놓지 않았다. 그래선지 시란 아무도 돌봐주지 않는 고독에 바치는 것이라는 말에 더 깊이 공감하게 된다. 고독은 누구의 접근도 사절하며 타인의 고통 앞에서 '우리'라는 말은 쓰지 않는다. 그래서 시인은 고독할 때 가장 강하고 가장 순수하다 했을 것이다. 그런데도 고독하지 않으려고 복잡한 곳을 기웃거리는 시인들이 더러 있지만 시인은 고독을 잃어버릴 때가 가장 위험한 때일 것이다. 고독을 잃어버리면 시의 고갈이 오기 때문이다. 요즘 시인들은 고독을 잃어버리고 시에 운명을 걸지도 순정을 바치지도 않으니까 절창이 나오지 않는다고 어느 평론가가 쓴소리를 했을 때 나는 몇번이나 속으로 반성문을 쓴 적이 있다.

시인은 일상 속에서도 일상 너머를 봐야 하고 그 속에서도 상식적 감각을 버려야 한다. 그래야 시도 삶도 바뀌게 된다. 일상에 길들여진 정신에서는 새롭고 뛰어난 시가 태어날 수 없는 것이다. 그러므로 시를 대할 때 눈여겨보아야 할 것은 말을 다루는 솜씨일 것이다. 말은 침묵에 근접할 때 가장 사람의 마음에 와닿는다. 말의 선택, 말의 표현, 말의 운용이 매우 중요하다. 전체의 조화나 균형이 잘 되지 않았을 땐 수정과 퇴고가 필요하다. 시는 '무엇을' 말하는 것이 아니라 '어떻게'에 주목해야 하기 때문이다. 어느 작가는 "깡통 따개는 중심에서 가장 먼 가장자리를 돌지만 그것이 깡통 뚜껑을 따는 최선의 방법"이라 했고, 어떤 작가는 "중심의 둘레에서 맴돌면서 중심의 핵심으로 들어가는 것이 최선의 방법"이라 생각한다고도 했다. 요즘 시인들은 단순한 생활, 깊은 생각을 하는 것이 아니라 그 반대로 살고 있다고 말한 이들도 있다. 제멋에 겨워 산다고는 하지만 제멋에도 격은 있다. 제멋에 격이 없으면 제멋이 아니라 제멋대로 사는 것밖에 되지 않는다. 자신이 스스로 싸워 이기려 하지 않고

상대방을 흠집 내서 이기려 드는 사람들도 있다. 자신과 다르면 인정하지 않고 무조건 적이 되는 안티문화도 있다. 차이와 차별을 구별 못하는 것이다. 시인들이야말로 시를 쓰기 위해 어느 때 어느 곳에서도 말을 찾는 존재일 것이다. 그러므로 시인은 언어에 끌려다니지 말고 언어를 주재해야 한다. 시란 어느 시대에도 변하지 않는 진실을 품고 있는 것으로 결정되는 것이다. 진실은 그 자체로 호소력이 있기 때문이다. 그 말이 오늘따라 왜 쓰는지를 돌아보게 한다.

돌아보니 내 시의 시작 과정은 길의 이미지를 통해 새로운 세계에 대한 열망을 쓰고 길 찾기를 통해 삶을 쓴다. 길은 곧 세계를 새로운 눈으로 바라보는 또다른 삶의 방식으로 내 시에 자리 잡고 있다.

젊은 시절에는 높이에 대한 열망으로 산에 대한 시를 많이 썼고 중년에는 깊이에 대한 관심으로 물에 대한 시를 많이 썼으나 지금은 높이도 깊이도 아닌 넓이에 대해 쓰게 된다. 마치 니체가 말한 정신의 3단계 같기도 하다. 청년 시절의 낙타, 중년의 사자, 노년의 어린아이. 어린아이의 단계인 노년은 퇴행이 아니라 거룩한 긍정이라고 니체는 말했다. 피카소도 만년에 어린아이처럼 그리는 데 오십년이 걸렸다면서 백년이라도 어린아이처럼 그리고 싶다고 토로했다. 동심이 시심이고 천심이니 나도 어린아이처럼 쓰는 데 얼마나 걸릴까. 시심(詩心), 동심(童心), 천심(天心) 등 가장 순수

한 것에는 모두 마음 심(心)이 들어 있다는 것도 시를 쓰면서 알게 된다. 내 마음이 독자들의 마음을 살피기 위해서라도 초심(初心)이던 동심을 내 시심 속에 들여놓아야겠다.

소리판에서 소리꾼의 소리를 정확하게 알아듣는 귀명창이 있어 명창이 만들어지듯이 시의 경우도 시를 깊이 보는 뛰어난 독자들이 있어야 명시가 태어나게 되는 것이다. 나의 독자는 나의 채찍이다. 준마(駿馬)는 채찍 그림자만 보고도 달린다. 그래서 나는 내 시들이 시든 채 있는 것을 견딜 수 없다. 시의 고갈이 올 때마다 그 결핍과 갈등이 다시 시를 쓰게 한다. 내가 고통스럽게 정직할 때 절창이 나온다는 말은 늘 나를 자각하게 한다. 그 자각이 막혀 있는 삶의 통로를 뚫고 나아가려는 나의 의지이다. 내가 독자와 소통하는 구멍은 시밖에 없으니, 모르는 독자여 내 시가 기울 때는 그대들이 떠받쳐주고 시의 바람벽에 작은 구멍이라도 뚫어 가난한 이들과 소통하게 해주시라. 그러면 나도 세상에 드러나 부끄럽지 않은 시인이 될 것이니……. 나는 앞으로도 마음이 쓰고 입이 쓸 때까지, 뭔가 멋진 것을 찾을 때까지 쓰고 쓰고 또 쓸 것이다. 나는 쓰는 시가 있어 살아 있고 또 살아갈 것이다. 살아 있어 시를 쓰는 것만으로도 지극한 기쁨이 된다. 이 지극한 기쁨으로 독자와 사회와 시인이 함께 시 권하는 사회를 만들 수 있기를 열망해본다. 시 권하는 사회가 된다면 문학이 사유의 원자재를 공급하는 문화 강국이 될 것이라 생각한다. 이것 또한 내가 시를 쓰는 이유이다. 시는 인간과 세상에 대한 진실을 담고 있어서 이것이 독자들이 시를 읽는 이유라고 한다. 그런 독자들을 위해 시를 쓰지 않으면 살아 있는 이유를 찾지 못할 것이다. 시가 어떤 경우에라도 시를 위한 시가 아니라 모두를 위한 시가 되었으면 좋겠다. 한편은 삶의 의미를 찾는 사람들을 위해, 다른 한편은 누군가를 사랑하는 사람들을 위해, 마지막 한편은 우리를 외면한 사람들을 위해 바쳐졌으면 좋겠다.

누가 가끔 "밑도 끝도 없이 그 짓을 왜 해요?"라고 하면 "그게 다 내 운명인가 보죠" 한다. 누가 뭐래도 내 생각은 그렇다. 내 운명의 시 쓰기, 시인이 나의 운명인 것이 참으로 다행스럽다. 나는 늘 내 손으로 내 잔을 채우는 일에 익숙하려 애쓴다. 세상에 겉도는 기름처럼 있거나 시의 세계 밖으로 한발짝도 벗어날 수 없다 해도 나는 흔들리지 않을 것이다. 겉은 비록 사람살이를 닮았어도 마음은 빛나게 살고 싶기 때문이다. 나는 빛나게 살기 위해, 잘 살기 위해 시를 쓴다. 몇년에 한번씩 시집을 내다보면 햇수만큼 나이가 더해지지만 시와 함께 살 수 있어서 참 다행하다고 생각한다. 시에 대한 신념은 마음과 의지로부터 생겨난다. 신념이 없으면 시도 진화할 수 없다. 신념은 속도가 아니라 방향이듯이 시인의 길도 속도가 아니라 방향이라는 것을 시를 쓰면서 더욱 느끼게 된다. 네덜란드의 작가 톤 텔레헨이 쓴 『고

습도치의 소원』에 거북이와 달팽이의 얘기가 나온다. "나는 내 속도대로 갈 거야." 달팽이가 말했다. "멈춰 있겠다는 말이구나." 거북이가 말했다. "멈춰 있는 것도 내 속도의 일부야." 그들은 한참 동안 서 있었다. "이러면 거기 도착 못해." 거북이가 말했다. "눈을 감으면 나는 벌써 거기 가 있어." 인생 또한 속도가 아니라 방향이라는 것을 새삼 깨닫게 된다.

시인으로 살기 위해, 시인으로 사는 삶을 다지기 위해 스스로에게 유배를 내리고 황무지를 찾아 떠나야 하고, 지독한 소외와 뼈아픈 고독을 자청해야 한다고 평자들은 말한다. 또 어떤 평자는 시인들은 의연하게 고독을 견뎌내야 하고 고독이 시를 정복한다는 것을 알아야 한다고 경고한다. 나는 그 경고를 귀담아들으면서 내 시를 내 방으로 삼을 수밖에 없다고 생각한다. 나만의 방이라야 독립적이고 자유롭기 때문이다. 자유로운 정신으로 세상에서 발견되는 새로움을 전하기 위해 오늘도 나는 시를 쓴다. 시 쓰는 것만이 언어의 심장을 움직이는 시인의 일이라 생각한다. 시인은 자기 주변의 침묵하는 모든 것을 대신해서 말해야 하는데 실제로 우리는 너무나 많은 우연과 우여곡절과 비극에 눈감고 살아가고 있다. 그런데도 그런 것은 별문제가 아니라고 생각하는 사람들이 많다. 무엇이 더 문제냐 하면 별문제가 아니라고 생각하는 것이다. 이처럼 시인으로 산다는 것은 새장을 덜컥, 열어젖히는 것 같아 겁이 나는 삶이다. 겁나기 때문에 더 긴장하면서 시의 끈을 놓지 않으려고 안간힘 쓰는 것인지도 모른다. 이것이 자신과 끝없이 싸워야 하는 시인의 운명이고 숙명이다.

요즘은 "엄마야 누나야 강변 살자"를 "엄마야 누나야 대충 살자"로 쓰고 "엄마야 누나야 술이나 먹자"로 자조하는 시인들이 있는 것을 보면 시인들 모두 살기가 쉽지 않은 것이다. 그래서 시인들은 늘 자신한테 질문을 거듭하는 것이 아닐까. 나이가 들었어도 질문하는 내 습관은 살아 있다. 시를 쓸 때 '왜? 어떻게?'가 내 물음이기 때문이다. 작고 새로운 것에 놀라고 경이로운 것에 경탄하니 질문이 없을 수 없는 것이다. 앞으로도 나는 사람의 상처를 꽃으로 피우기 위해 시를 쓸 것이다. 시란 결국 삶에 대해 끝없는 질문을 던지고 존재에 대해 깊이 성찰하는 것이기 때문이다.

머리에서 가슴까지
참 먼 길이었다
그 길이 나를 견디게 했다

2021년 3월
천양희